詩集

Pain 疼痛

趙麗宏 Zhao Li hong
竹内 新［訳］

澪標

Pain 疼痛＊目次

I

ドア　6
冷　9
凝視　11
X線　13
ダークマター　15
傷痕　21
魂が穴から出る　23
重なり合う　27
携帯電話とインターネット　30
路上の愛の虫　34
髪の毛　36
指紋　38
爪　41
夢の色　44
予感　48
声帯　50
涙腺　52
遺品　54
期待　57

II

夢のなかの故人を訪ねる　62
連想　69
縦笛　72
肺葉　75
鼓膜　77
瞼　80
永遠に不変　82
私の影法師　84
歳月の河を遡る　88
ひとすじの光　92
変身　96
時間の矢　100
疼痛　102
僭越　105
移植　108
鍵盤　111
忘れたい　114

III

朝と夜の交わり　118
死を思う　121
暴風　126
道に迷う　128
飛ぶ　133
潜水　136
同時に三空間に入る　139
文字　142
夢のなかで何処へ　145
背骨　148
舌　151
足裏と道路　154
生きる　156
私の椅子　160
苦痛が礎石　162
訳者後書き　164

装幀　森本良成

I

ドア

路上で
ぴったり閉められたドアに次々と出くわした
ある時はちょっと軽く押すだけで
さっと大きく開いた
ある時は大声を上げてノックしてやっと
わずかな隙間が現れてきた
あるドアはノックしなくても自然に開いた
私の足音そのものが鍵なのだった
あるドアは施錠に施錠を重ねて
千年の古壁のように閉ざされていた

敷居はいつも見えないけれども
それは足元に隠されている絆
時には思いのままに跨ぐことができる
時には何度も何度も躓き転んでしまう
ドアの辺りで転んでしまえば
入って来なさいと
内側から呼びかけがあるだろう
もし外が闇夜だったなら
ドアの内側には明るい光があるだろう
もし外が風雨だったなら
ドアの内側は晴天だろう

私がまたまた
ドア口に立てば
ドアは問いかけてくる
思い切って入って来るかい

内側の世界は
楽園かも知れないし
地獄かも知れないよ

２０１６年１月

冷

声は口から出るとすぐに
凝結して雪片となり
しきりに舞い上がって静寂に漂う
息は吐かれて
固形となって霧となり
寒風のなかで砕け散る
涙はこぼれて瞬く間に氷となり
視界はぼんやりするのに
あたり一面どこまでも透き通って美しい

寒気は刃物のように　針のように

上着の裏地の毛皮を切り裂き　衣服を突き抜け
震える肌を突き刺す
たとえ引火して燃えだしたとしても
炎だって凍結して
画面停止　赤い氷になるのだ

２０１６年２月

凝視

目に見えない光が
それぞれの瞳から射出されて
ある一点に凝集する
照度も物音もないけれども
不思議なエネルギーを有している

冷たく険しいときは
まるで凍り付いた風だ
血を凝固させて霜や雪にすることができる
焼けつくように熱いときは
酷く冷たい表情を

溶かしてマグマにし
焼き焦がして炎にすることができる

四方八方からピントが合えば
金城鉄壁の守りも突き抜けることができ
注視される者は
隠れる場所を見出せなくなるのだ

２０１６年２月

X線

ビームは形を成すことなく
皮膚を突き抜け
骨格を越えて
血管の一本一本によじ登り
神経の一筋一筋を検索する

微かな音が神の手の
ノックのように聞こえるだけだが
それは光の指の痕跡
光の感触が
一瞬私の心身に充満する

照明の下で
透明なフィルムに正体を現す
霊肉の秘密が
光と影によってとりどりに白く黒く
構図決定されている

眼を大きく見開いて
瞳をフィルムに溶け込ませても
白と黒の世界を見透かすことはできない
うごめく内臓はすでに氷に閉ざされ
温もりのある鮮血もすでにじっと動かない

医師は言う
これはあなたの何より真実の記念写真です

２０１６年２月18日

ダークマター

1

どんなわずかな空間にも
目に見えない生き物が舞い飛び
私を導き　阻み
攻撃し　まつわり付き
賛美し　嘲笑している
しかし　私はそのことを少しも感じていない

2

私が光に逆らってすすむとき
それは質量をもつものになる
私を後ろから前へ押しても

永遠に光の速度には追いつけないが
とても不思議なその推力を
感じることはできる

3

突然空中高く翼をたたんで
無重力になった身体が
矢のように下方へ墜落してくる
それは硬い岩石に突っ込んでゆくのか
それとも湖水の穏やかな波に身を寄せるのか

4

目標が視野のなかでぼんやりしているとき
駆け回る足取りを止める方法は
依然として無い
眼差しは戸惑いためらい
鼓膜に助けを求め
ふと吹いてくる風を注意深く聴き分けるのだ

風は「足元に注意だよ
地上には目に見えない裂け目があるよ」と言う

5

おまえたちは虚無のなかにこっそり隠れている
永遠に実行できないような嘘を
編んでいるのだ
或いは滅多にない驚天動地の景色を造り出そうと
チャンスを伺っているところなのだ

6

流れ星が夜空に線を描いて
暗闇に燃える瞬間は
生き物がブラックホールを引っ掻き破ったのか
それともブラックホールが生き物を呑み込んだのか

7

暗黒より深い光の色はない
あらゆる色と影は

すべてその奥深くに潜んでいる
たとえ現実とかけ離れているのだとしても
とにかく暗黒を薄める方法はない

8

沈黙のなかには
聞こえない叫び声があり
破裂音が周りの高い壁を通り抜けるが
音のした痕跡はひっそりしている
オーバーコートはひっそり
沸騰する心を包み込み
誰にも詳しく聞かせようとはしない

9

私はこの世界を見通すことができない
世界にも私を見抜く方法がない
X線は筋骨を射抜くことができ
ガンマナイフは臓腑を切ることができるが

それらを捕えることは困難だ
自由自在の気ままな思いが
天地の間をぶらぶらしている

10

絶望した時に手を振るって
捕まえるのは　なんと虚無なのだ
空中には力点が見つからず
疾風が刃物のように
十指の間を擦っている

11

世界が目を閉じると
闇夜が訪れる
熟睡するのはくたびれた者だけだ
誰かがもの思いに耽っている
鳥が飛んでいる
暗闇に

数え切れない瞳が大きく開かれ
世界の意識回復を
根気強く待っている

２０１６年初春

傷痕

素っ裸になったとき
自分の傷痕の累々たることが分かった
大小の傷痕が
肉体のあらゆる部位に広がっている

かつて何度も躓いて転んだことがある
衝突された　引き裂かれた
鋭く尖った刃物が
ざらざらの煉瓦が
防護されていない皮膚を引きちぎり
私の身体に鮮血の花を咲かせた
まばゆい赤

苦痛の赤

赤い光のなかで天地は混沌として
視界は　一面うす暗く
花は　瞬時にしぼみ
傷痕は落花の後の果実
身体中傷だらけの果実
たくさんの秘密を深く内蔵している

それは憂いに閉ざされた目
それは用意周到な疼き
どの傷痕からもきっと
羽ばたく翼が生じ
私はその羽ばたきで軽やかな鳥となり
流れ去った時間を尋ねて行き
かつては若かった生命を再訪するのだ

２０１５年１月４日

魂が穴から抜け出る

魂と肉体は時に分離することがある
それは魂が穴から抜け出るということである
魂は肉体を飛び出して空中に遊び惚けるが
相変わらずまだ自由になってはいない
ぶらつく魂は
かつて身を寄せていた肉体を懐かしむが
もう戻りようがない

それは鳥に変わるのだろう
枝先に停まって
肉体が道をあたふた行くのを見るのだ

私とは木にとまっている私の魂に
他ならない
私の魂は
今ちょうど地上を行くもう一つの
自分である肉体が
駆け回り　踊り
人の群れのなかできょろきょろし
部屋にうなだれてぼんやりするのを
興味深く見ているのだ
……
樹上の私と地上の私とは
すぐそこに居ても
天と地ほど隔たっている
魂は肉体が
何を思っているのか知らない

行方はどちらなのか分からない
肉体が頭を上げて仰ぎ見ても
魂は見えない
枯葉が幾つか風のなかに震えているだけだ
私はどこにいるのだろう
私はどこかにいる

穴から抜け出た魂は
鏡に変わりそこに
肉体の本当の姿を映し出すことができる
私とは蛍光の明滅する私の魂に
他ならない
ベッド脇にたたずんで待てば
私の肉体は
鏡のなかで正体を現し
パッと光る蛍光のなかに

恐れうろたえる顔が現れるが
私の見知らぬ人だ
色褪せたコート
指の現れ出た革靴
開けられない旅行用手荷物の番をしている
……
あるいは何も見えないとすれば
そのガランとした鏡は
鏡を覗く見慣れない人に
向き合っているのだ
彼は茫然自失し
私たちは互いに言葉がない
私は何処にいるのか
私は何処に？

2015年1月9日

重なり合う

世界は常に重なり合う
重なり重なりあう
重なり重なりあう

外を見れば
窓の向こうには窓があり
ドアの向こうにはドアがあり
山の向こうには山があり
天の向こうには天がある

内を見れば

瞳の内にはまだ瞳があり
口の内にはまだ口があり
心の内にはまだ心があり
魂の内にはまだ魂がある

如何にして重なりを通り抜け
重なりの鎖から抜け出すか
まず内へ行き
そうしてから外へ行くのだ

瞳のなかの瞳を見開く
心のなかの心のスイッチを入れる
魂のなかの魂を離陸させる
窓の向こうの窓を押し開ける
ドアの向こうのドアを開ける
山の向こうの山に遊ぶ

天の向こうの天を眺望する
重なり合っていない世界は
四方八方に通じている
自由な世界なのかも知れない

２０１５年１月13日　朝まだき夢に見る。起きてそれを記す。

携帯電話とインターネット

大通りを慌ただしく行く人の群れは
誰もが携帯電話を手にしている
少女だろうが老婦人だろうが
みんな携帯電話に向かって喋っている
子供までもが　ペチャクチャ喋り続けるその大群に加わっている
ある人は喜色満面の大声で騒がしい
ある人は意味ありげな顔をして小声でひそひそ話をしている
そのもう一方の端には
必ず同様の熱情あふれる対話者がいるのだ

私は交差点に立っていきなり奇妙なことを考えた

通話している携帯電話と携帯電話との間に
目に見える線が現れたなら
世界はどんな現象を見せることになるだろう
億万のホットラインが空中を杼《ひ》のように往来している
短いのは百メートルぐらいだろうか
長いのは千キロ万キロだろうか
それらは空で交差しもつれ合い
巨大な網を編み
都市と農村を覆い
地球全体に覆いかぶさっている

この大網には色が付いている
どのラインにも自身の色調があるからだ
別の通話は別の色調を呈している
ピンク　それはいつまでも途切れない愛の吐露
淡い青　それは青春の情熱の発散

黄色　それはこまごまとした退屈な日常
褐色　それは泣いて訴える老人のどうしようもない寂しさ
灰色　それは商売人の値段の掛け合い
黒色　それは政客たちの騙し合い
私の目の前の世界は
色彩の入り混じった広大な網ということになる

この幻想の大網を目の前にして
荒唐無稽の風変わりな考えは続く
ある一瞬に
全世界の携帯電話が突然停電したら
あらゆる信号は一つ残らず同時に消える
携帯電話を手にする衆生は
何と叫んで慌てふためくのだろう
うろたえ望みを失いガッカリして焦る表情は
色とりどりの野の花が一面に咲いたかのようだ

そしてこの時　天地を覆い包んでいた大網は
消え失せて影も形もない

私は騒々しく慌ただしい混乱の後の
静寂を期待する
世界も元の様子に戻るかも知れない
口達者に誇大に喋る大網は
静かな大地に落ち
沈思する人の群れに融けてゆく
中断すべきでない　たとえ万里を隔てていても
依然として心は敏感に感じ取っている
もともと断絶すべきものは　たとえ目と鼻の先でも
天地の深淵ほどに遠く隔てられているのだ

２０１５年１月18日

路上の愛の虫（注）

小さな黒色の昆虫が二匹
草叢と灌木から飛び出し
広々としたコンクリート道路上で期せずして出会い
飛んできた羽を収めたと思ったら
愛の舞のステップを始めたのだった

そこでは蟻やミミズに煩わされることはない
落葉や草の茎とのつながりも無い
何という平坦な愛のベッドなのだ
草叢のなかで抑えられていた激情が放出され
まるで生涯秘密にしていた欲望を解き放つかのようだ

羽が羽をはたき
ヒゲと眉はヒゲと眉に絡みつき
身を震わせ　恐れおののき　くるくる回転し
絡み合いのなかで肢体は彼我がはっきりせず
喜悦の声が風のなかに舞い上がって
忘我の呻きが旋回しているようだ

この時　一台の巨大なトラックが
前方から轟音と共に疾走
幅広の分厚いタイヤが路面にローラーをかけてくるが
二匹の小さな愛の虫たちは
依然としてその激情に耽溺し
もうすぐやって来るだろう災難に全く気付いていない
……

注　愛の虫＝蠅の仲間で、全身に黒い毛がある。空中で交尾することができ、英語には「愛の虫」という呼び名がある。その寿命は三、四日しかない。

髪の毛

私の頭髪は
かつてはしなやかな黒髪だった
陽の下にひらひらする瀑布
空の果ての虹を映し出していた
風のなかの勢い盛んな緑の草
揺れなびきながら大地に手招きしていた

黒は　生命の内の
あらゆる色を蓄えている
黒は　昼に別れを告げてきたというのに
粘り強く朝を追いかける夜でもあるのだ
黒髪の成長する過程は

あらゆる長たらしいものを
慌しいものに変えてしまう

黒は何時
白に変わってしまうのだろう
タバコの灰のような白く　残雪のような白く
こんなにパサパサスカスカの白になって
まるで氷山を通り抜けてきた溜息のようだ

それは細々とした糸となって
まだかすかに頭のてっぺんに残っている
日に日に疎らになりながらも
風が吹いたら　依然として靡くことができる
風は言う「おまえの土地はまだ残っている」
私はおまえを吹き切れない

2015年1月

指紋

私が世の中に残しておくものとしては
各地へ行ったときの足跡の他にも
目には見えない指紋がある
私が触ってきた全ての場所には
それら秘密の痕跡が残されている

母の乳房
父の肩
恋人の頬
子供の小さな手
綿入れ　麻布　絹織物

寒風に煽られる襟
冷たい雨にずぶぬれの帽子のへり

食器　盃　急須
文字　本のページ　そろばん玉
笛の孔　旗竿　鍵盤
曲がりくねった階段の手すり
うち捨てられた傘の柄やステッキ
種々様々の鍵
数え切れないほどのドアノブ
……

米粉菓子　ジュースたっぷりの果実　瓜と野菜
私はそれらを噛み
自分の指紋も噛み砕いたが
それらを残し

また消滅させた
指紋は数え切れないほど何回も食道を通り
グーグー鳴る空腹の腹に入り込んで
私の身体と混然一体となったのだった

私の指紋は
露の透明な美しさに残ったこともある
綻んだばかりの蕾にも
恥じらう花びらや小さくかぼそい草にも
捕えてまた解き放ってやった蝶は
私の指紋を印した羽を色とりどりにきらめかせて
空のあっちこっちを飛んだのだった

2015年1月

爪

突き止めようとは思わない
それらがどれほどの場所に引っ掻き痕を残したのかを
探し求めるつもりもない
それらが引っ掻いた場所にはどんな予想外の災難があったのか
どうして数え切れないほど何度もそれを切るのか
いぶかしく思うだけだ
それらの成長を阻止する方法はない
原っぱの草のようだ　枝先の葉のようだ
次々と伸び続ける私の髪のようでもある
それらは柔軟のなかの頑丈
荒々しさのなかの強靭

もし生涯まだそれらを切ったことがなかったとしたら
それらはどんな姿になっているのだろう
私がもし静座する隠者であったならば
それらは長い藤蔓に変わり
私の手足を縛り
身体に絡みつき
知る人のいない一角に　私を括り付けるだろう
世界は私の爪が覆いかぶさり
暗澹とした世に

……

私がもし幾山河を越える修行者であったならば
それらは手枷足枷に変わることはないが
前進を阻む物となるだろう
路上の藤蔓と茨は
よじ登ってゆく岩と断崖絶壁は

それらを擦り削ることだろう
引っ掻き痕と爪は共に
私の通り過ぎたあらゆる場所に残るのだった
……

だが私はやっぱり
爪切りとそれらをキスさせなければならない
しかもそれらの切り取られた後の姿を
しょっちゅう愛でなければならない
爪を切るということは
つまるところ文明の代価
祖先が密林を出た結果なのだ

2015年1月

夢の色

夢は瞬時に行き過ぎ
記憶に留まるのは
美しいキラメキの切れ端だけだ

私の夢は時には色とりどりで美しく
現実世界に比べたら
目を奪うばかりの艶やかさ
ある夢は白黒二色しかなく
ちょうど百年前の
時代物の古い映画のようだ

色付きの夢のなかで
私はさまよい　漂う
お伴をするのは翼
彩雲　とりどりの花
色彩のつむじ風が八方から顔に当たり
音楽と香りを帯びて
私を包み込み
ちょうど酒の後のほろ酔い気分
朦朧とする視界のなかに
世界は穴だらけ　カサブタだらけ
どの孔からも
まばゆい彩りがあふれ出る
……

白黒の夢のなかで
私は駆け回り　もがき

周りに現れ出たのは
直立する岩　深い窪み
危険きわまりない急流の渦
死者も訪れ
無言で向き合えば
白と黒の沈黙があるばかりで
目覚めればその度に疲労困憊している
ぼんやりする目尻には涙の跡が描かれていて
手で触れる身辺の世界は
暫くの間は色を失っている
……

だが　夢のなかの喜びと悲しみは
どこから湧き出すのか
私には知りようがない
色付きの夢と白黒の夢は

時には互いに対抗して
私を間に挟み
このとき夢は
混沌の灰色になる

２０１５年２月１日

予感

稲妻が仄暗い夢を切り裂く
眼を開けると
既に日差しが窓辺にきらめいている

夢の切れ端は
花びらのように散り広がり
蝶のようにきらびやかに
風のようにしなやかに

瞳の喜びは
たったの一瞬

眼差しは突然の嫌がらせを受ける
猫の凝視に出くわすのだ
猫は屋根で私を見下ろし
緑の目は火花のようにキラキラしている

天翔ける身体はいきなり重力を失い
稲妻は静寂《しじま》のなかで
画面停止する

2015年2月9日

声帯

私の声帯は
かつては楽器の弦のように混じり気がなかった
露が一粒当たっても
澄んだ優美な音を引き出すことができた

かつては専ら歌うために用いると思っていたが
世の中のどんな息だって
声帯を振動させられるのだ
誰もが作曲家なのだろう
声帯は天然の音に付き従う
変幻極まりない和音が引き出される

とは言え　ひっそりする時刻もある
天地に満ち溢れる喧騒のなかで
ひとたび声帯から滑らかさが失われれば
自分の声は
目に留まることもない所に囚われて
間近にあるのに　遥か遠くに隔てられることになるのだ

周囲が死の厳粛に覆われるとき
なぜ私の声帯は震えを抑えられないのか
心の扉を決然と突き抜ける叫びが
引き裂かんばかりに声帯を震えさせるからだ
沈黙の世界には
こだま一つ残らない

2015年2月13日

涙腺

神秘が分泌されると
感情は液体に転化する
一度また一度と
潤んでくる私の目

悲しみと喜びは
寄り集まって純一なキラリ輝くものになり
私の瞳を溺れさせ
視界一面をぼやけさせる

かつて私の涙腺は発達していた

真正面から吹いてきた砂交じりの風によって
肺を通り抜けた流れ弾によって
さらには突然降って湧いた驚喜によって
抗い拒みようのない生き別れと死別によって

涙はとっくに蒸発して空気になったが
涙腺がそれによって委縮するなんてことはなかった
涙が流れた跡は
放射状に広がる葉脈のようで
記憶の破片を集めては
枯れることのない海棠の葉を
復元するのだ

2015年2月17日

遺品

一つまた一つと親愛なる生命が
私と永遠のお別れをする
温かい身体が冷たくなり氷となり
最後には灼熱の煙に変わり
空に散る

彼らが私に遺したものは
紙切れ数枚に過ぎない
若しくは布一枚
空の小箱一つ
これらはものを言うことのできない遺品

とっくに持ち主の体温を失い
ひっそり厳かに
私に関する記憶を検索している

紙切れには死者の筆跡があり
涙の目に見つめられ
一文字一字文がみんな動き
心のこもった微かな声を発し
私を過去の年月へと引きもどす
月下に腰を下ろす
田野を行く
海上を航行する
異国他郷を歩き回る
……

この時　すっかり冷たい遺品は

温もりが生じている
布は空飛ぶ絨毯となり
私を歳月の川面に載せて
流れを遡る
空っぽの箱のなかは
たちまち珠玉や宝石であふれんばかり
私の湿りを帯びた眼差しを惑わす

2015年2月19日

期待

私は静かに期待する
消えた灯りが突然明るくなるのを
ひっそりした鍵穴に
鍵の回転音がするのを
垂れ下がるカーテンが風に吹かれて揺れるのを
見慣れない階段に
よく知った人の姿が不意に現れるのを
……
私は期待する
薄闇を追い散らすのが

汽笛の騒がしさではないことを
しわがれ疲れ果てた喘ぎではないことを
目覚まし時計の驚きの叫びでもないことを
そうして鶏鳴が
シンプルに　澄みわたり
赤ん坊が大泣きするように
真赤な朝焼けを引っぱり出して
空いっぱい花びらのように舞い上がらせることを
……

私は自分の期待には
期待のしようがない
静寂のなかに　飛ぶ鳥の
けたたましく歌うのが聞こえて
頭を上げて探しても
空中に翼の痕跡は

既になく
……

2015年2月22日

II

夢のなかの故人を訪ねる

1

この世を離れて二十年余りの父が
夢に突然現れた
予約もなく　ノックもなく
落ち着き払って私の前に立った
顔は相変わらず当時の笑みを浮かべ
眼差しだけは幾分どっしりしていた
私は驚き不思議に思って大声で呼びかけようとしたが
口は何の声も発しなかった
私は父に両手を伸ばしたが
彼は微笑みながら後退した

記憶のなかに
父の怒る姿はない
憂いにしろ悲しみにしろ
浮雲のように穏やかなものだった
夢と現実は相反しているなどと誰が言うのだろう
夢のなかの父を訪ねれば
生前と同じように笑顔で私を見ている
私はこの夢が画面停止するよう望んだのに
車のクラクションが窓の向こうで長々と鳴り響き
無情にも私を夢から覚ました

2

私はこれまで　死者が
私の夢の訪問客になることを怖がったことはない
彼らはいつも招かれていないのに勝手にやって来て

暫く生と死の境界が
はっきりしなくなるのだったが
言葉を交わすのが困難だったり
往来のしようがないというだけで
まるで無声のモノクロ映画が
暗闇に映されているようだった

昼間は無性に懐かしく思った故人も
夢にはなかなか見ることがなくて
夜眠る前に心のなかで祈るのだった
出てよ　私の夢を訪ねて来てよ
君たちに会いたいよ
夢のなかの扉がギーと鳴って開いても
入って来るのは知り合いではなかった
ある人はまだ顔を合わせたことさえなかった
なかには書物で出会った人物がいた

名前を聞いただけの見慣れない人がいた
中国服の長衫を風になびかせる古人もいた
洋服に革靴の外国人もいた

3

ある夜　夢はいつまでも覚めることがなく
前半は混沌朦朧として霧のなかにいるようだったが
後半はくっきりすっきり　月光の下にいるようだった
猿股を穿いた男の子が向こうから
黒く輝く目を大きく見開いて
私の方へやって来た
痩せこけた身体には蛍光がきらめき
頭上には虫の群れが旋回し
ブンブン鳴る爪を引っぱっているようだった
彼は私の身体の近くを通りかかり横目で様子をうかがい
黒い眼からは

きらきら透きとおる涙がふた粒こぼれ出た
彼の震える唇がはっきり問いかけてきた
おまえ　まだおれのことを知っているかい

知ってる　知っているさ
記憶は夢のなかでも呼び覚まされることがあるのだ
それは夢のなかの夢
時空を飛び越えた真実だ
幼年のあの夏の日にまた戻ったのだった
君は岸辺の水たまりに静かに横たわっている
河の水が君の幼少の命を呑み込んだばかり
午後の陽射しが君の丸裸の身体を斜めに照らしている
君の年齢は私と似たり寄ったりだというのに
私は初めて死というものを見、そして知ったのだ
死に神は水中から手の赴くままに君を連れてゆき
君を引き取り手のない死骸に変えた

陽光の下　人に囲まれ見物され
蝿が君のまつ毛に停まったけれども
君は瞬き一つしなかった

4

夢とは一体何なのだろう
人生のもう一つの軌道か
生命のもう一つの舞台か
現実の変形した幻覚か
見えたり隠れたりする霊光の出現か
神秘による暗示か
運命のリハーサルか
先人の呪詛か
未来への探り入れか　それとも
生と死が夜の帳のなかで衝突して現れる
あっと言う間に消え去る稲妻か

私はかつて夢に死神を見たことがある
顔のはっきりしない暗い影が
仄暗いなかで黒い大網を投げ広げているのだった
混沌中の光の元が
遥かな場所できらきらしているのだった
一面満開のケシの花園が
艶めかしくとても良い香りを贅沢に漂わせているのだった
長い爪を伸ばした手が
いきなり君の面前にこれ見よがしに差し出されるのだった
疾駆する馬車が
君を載せて底なしの深淵に突き進むのだった

２０１５年2月25日

連想

鉛筆を手にしたら
鉛筆に変わった木のことが思い浮かんだ
伐採されたその大木は
きっとまだ森のことを覚えていることだろう
森のなかの生きとし生けるものの賑やかさを覚えているのだ

碗のなかの少し塩味のするスープを飲んだら
スープに溶かされた塩が思い浮かんだ
砂や石と同じであるそれらの塩は
たぶんまだ青い海を覚えていることだろう
海の湧き返る大波と自由な魚の群れを覚えているのだ

窓ガラスの様々に異なる氷の花を見ていたら
一晩中吹きすさぶ北風が思い浮かんだ
暗闇を四方へ駆け回る寒風は
その荒々しい訪問がそのような
精巧な足跡をそこに残そうとは思いもよらないのだった

遠い空の風に舞う凧を眺めていたら
大地を駆け回る子供が思い浮かんだ
歓呼しながら凧揚げをするその子供は
自分が手にする細く長い糸がちょうどその時
白髪の人をぐいと幼年時代へ引きよせたとは思いもよらないのだった

胸元の絹のハンカチを取り出したら
桑の木で糸を吐く蚕が思い浮かんだ
自分で作った繭に自分を閉じ込めた蚕は

一時は繭を破って飛び立とうと夢想したこともあったのに
思い掛けず情け容赦のない沸騰する湯にグツグツ煮られたのだった

もの悲しい歌を聴いたら
自分で弾いて自分で歌う人が思い浮かんだ
かつては世の中の苦難と無常を経験し尽くしてきたけれども
その辛酸を情け深い心に変えたのだった

2015年2月27日

縦笛

私は洞簫という縦笛だ
身体には八孔があり
体内深くに無数の音符が蔵されている
私の前身は
幽谷山野の
底の見えるほどに透き通る流れに
風を受けて揺れ動く緑の姿を逆さに映していた

あなたの唇を待ち
あなたの優しくて気持ちの高ぶった息の
私の身体を通り抜けるのを待っている

さあ　あなたの温もりのある指の腹よ
私の洞穴を一つ一つ撫でてみよう
ちょうど蜜蜂が花芯を探し求めるように

あなたの息は
私の体内を迂回して
洞穴の入り口ごとにためらいぶつかり
新しい葉に
蕾に
香気に
涙に変わる

この時　私はあたかも元の状態になり
羞恥に満ちた静かな竹となったようだ
あらゆる方向から吹いてくる風のなかで
全ての優しい心情を植えるかのように

揺れ動き　舞い　呻き

……

2015年3月20日

肺葉

私の肺葉は開いたり閉じたりして
天地の間に流れる空気を
分ごとに秒ごとに呼吸している
空気に形はないが有形にもなるのだ
可愛らしくひっそり静まり返っていても
かつては大声で叫んで狂奔して
魂を揺さぶる山彦を発したこともある

若いころ私の肺葉は
緑の苗木のようだった
困難のなかで成長したにも関わらず

飢え孤独とはとても仲良し
肺葉はいつも
清潔清々しい空気を呼吸していた

煙草を覚えたことはなく
だから肺葉もニコチンの
脅迫から免れている

いま鬢は白くなり
もう日々の暮らしのための憂いはなくなったのに
肺葉はチリホコリが心配だ
薄っぺらなマスクに
隙さえあればすぐ乗ずる極小の
ホコリをどうして濾過できよう

2015年3月21日

鼓膜

耳たぶは顔の飾り
棕櫚の団扇のように風当たりが強いにも関わらず
穴あき銅銭のようになかなか上手くできている
二つある独特の耳たぶは
顔が他人とは異なることを際立たせる

もっと不思議なのは鼓膜だ
それは耳の内側に隠れて
あたかも耳殻の囚人だ
永遠に陽の目を見ることはないが
天地の間をやって来るあらゆる

物音を感知している

鼓膜の振動は
周囲の音が起源となっている
雷鳴や嵐の咆哮
蚊や蝿のうなり
ナイチンゲールの歌
ガマのガヤガヤ騒ぎ
それから人の世のあらゆる物音
遠方からやって来るものであれ
すぐ近くにあるものであれ
みんな私の鼓膜で
強弱の共振を引き起こすことができる

鼓膜は大脳と隣り合わせ
大脳は鼓膜の震えで震える

鼓膜は遥かに離れた心臓にも
つながっていて
心臓はしばしばドキドキ鼓動が止まらない
何故なら　世の中の音はどれも
未来の前兆を示し
感情を含んでいるからだ

同じ音でも
それぞれ異なる鼓膜では
それぞれ異なる木霊を響かせる
ある人はそれを微笑みだと聞いても
ある人は鼻水と涙が混じり合っていると思う
そこにある奥義のことは
誰も明確には説明できない

2015年3月21日

瞼

歳月に舞う土ぼこりが
私のまつ毛の一本一本を吹き落してしまい
私の瞼はもう保護を受けられない

歳月という巨大な体格に向かい
まつ毛のない瞼を開いて見れば
歳月は私の凝視の下に
裸身を晒す
私はそこにひび割れを見る
測り知れない深さの溝を見る

暗闇に
白骨の仄かな光が明滅している
驚いた蛾が溝跡から慌てて跳び出し
微かな風を起こして羽が
私の瞼へまっすぐ入ってくる

2015年3月25日

永遠に不変

どの一瞬も全て
戻ってくることのない永遠に不変のもの
眼差しの出会いの一つ一つ
肩と肩とのすれすれのすれ違いの一つ一つ
無意識の立ち止まりの一つ一つ
考えなしのダッシュの一つ一つ
音もなく流れる涙の一滴一滴
口元を掠める微笑の一つ一つ
全て永遠に不変のもの
全て永遠に不変のもの

君が身の回りの光と音を
捕えようとすれば
突然やって来たという印象だが
既に飄々と飛び去っている
どの稲妻も全て
どの微風も全て
どのため息も全て
どの鐘の音も全て
空を飛び行く鳥のどの鳴き声も全て
戸や窓を開閉するどの響きも全て
全て永遠に不変のもの
全て永遠に不変のもの

2015年3月29日

私の影法師

もし君が最も忠実な友は
誰かと問うならば
私の答えは
自分の影だ

影はいつまでも私に付いてくる
貧だろうと富だろうと
悲だろうと喜だろうと
繁華な地だろうと
荒涼たる砂漠だろうと
勿論どんな所へ行こうと

いつも私の足元にくっ付いていて
離れないし見捨てたりしない

人と幽霊とを識別するには
その身体に影があるかどうかを見るそうだ
人には影がピタリくっ付く
幽霊はいつも身一つでポツンとしている
影はどんな姿形に成長するのか
私にもハッキリしたことは言えない
時には巨人に変わり
私の微小であることを際立たせるだろう
ごく小さなものになることもあり
まるで私の靴底のように小さいのだろう

私が明るい光を背にして行く時
影は私の顔の前で揺れ動き

明るい光が駆けまわるのを迎える時
その足跡は見えない
暗闇に影を探す時
影はこっそり逃げ去るが
一筋の微光が見つかりさえすれば
自分の影を見つけてもどって来るのだ

そうなのだ　私がよく知らない最たるものが
実は自分の影だなんて
我が影よ
おまえは悲しむことができるか
おまえは考えることができるか
おまえは私に微笑むことができるだろうか
私といっしょに涙を流すことができるだろうか
影は永遠に沈黙している
沈黙して私に何にも言わせない

もしこの世界に人と幽霊の区別がないならば
影があるというのも悪くない
影のない幽霊たちを避けて
影のある人だけと付き合えるのだ
影の方もその沈黙によって
ちょっと見ただけの私に注意を促すことになる
おまえは人だ
もうすぐ人の格好になるようだ

２０１５年４月５日

歳月の河を遡る

過ぎ去った歳月が逆向きにやって来て
私の鬢の辺りの白髪を掠める
引き返してきては　また引き返してきて
私の周りの景色の奇妙に巡るのを見ている

空を旋回する鳥たちが
林の梢に降り立てば
豊かな羽はたちまち抜け落ちる
抜け落ちて黄色いくちばしの雛鳥になり
毛のない肉の翼をバタつかせ
餌を待って悲しい叫び声をあげ

鳴き声がまだ散り散りにならないうちに
数個の色模様のある卵に身を隠して
草を編んだ巣に静かに横たわる

巣はバラバラに翻って大樹を離れ
枯れた小枝や葉は蝶のように
樹を巡って軽やかに舞う
緑の葉は縮んで舌のように枝に引き返し
枝は縮んで腕のように幹に引っ込む
幹は大地に回収され
樹冠では木陰が飛び散る
大樹は縮んで土から顔を出したばかりの幼苗となり
幼苗はまた縮んで種となり
風のなかを悠々と舞い落ちる

地上に舞い落ちた種子が

道を行く人に拾われ
慌ただしい様子の道行く人は
次々に魔術師になる
老人の髪は白から黒になり
顔の皺は稲妻のように消え去り
よろよろの足取りは軽やかになってゆき
濁りのある眼差しは澄み切ったものに戻り
老爺は歩くうちに少年に変わり
老婆は歩くうちに少女に変わり
少年少女は走るうちに赤ん坊に変わり
赤ん坊の泣き声は天を驚かし血を動かし
天地は赤ん坊の泣き声のうちに夢から覚める

夢から覚めるのは美しいＳＦ超大作のようであり
万年の氷河を溶かして幾筋もの春の水に変え
緑の田畑を押しやって広い大海原に変え

大波は逆巻いて天の果てへと退いてゆく
涸れた海底は隆起して連なる峰々となり
高山はゆっくりゆっくりひび割れ崩れて広野となり
広野は湧き返る潮汐にまた没し
潮汐は果てしない森林をどこまでも我が物にしてゆき
森林は溜息をつきながら目まぐるしく変化して草地の起伏になり
緑の草原にはただ一筋曲がりくねる清らかな流れが見えるだけ
清らかな流れには小魚が一匹泳いでくる
小魚は言う――私はおまえの祖先だ

2015年1月 初稿。4月7日 改稿。

ひとすじの光

戸も窓もない部屋に
ひとすじの光が漏れ入り
暗闇を切り裂いて
墨色の虚無のなかに光る

ごきげんよう　光くん
君のキラメキは
無形の空気に質量をもたらした
君は暗闇で垂直になり
透き通るようなまぶしい柱になり
まるで燃える水晶だ

そして　まるで冷たい氷だ
君は自由へと通じているのかい？
翼を広げられる空へと通じているのかい？

君はキラキラ沈黙し　そのキラメキは
あたかも問いを誘い出すかのようだ
どうして　私を捕まえ　私をよじ登り
私を伝って
暗闇から逃れようと試みないのだ
自由と拘禁は
薄っぺらな鉄板だけで隔てられているというのに

空虚な光の柱のなかへ
手を伸ばせば
自分の血の気のない掌は
何と　真赤に照らし出される

まだ残る血液が
透き通る赤色に流れて
光の柱と溶け合い一体となっている

捕えようのないその冷たい光は
たちまち暖かいものになり
私の心身に遍く電流のように伝わる
ごきげんよう　光くん
私を閉じ込めている屋根を通り抜けて
外の世界を抱きしめられるよう導いてくれ

私が目を閉じ
そのひとすじの虚無の光を手に載せて差し上げると
暗闇は思いもよらず散り散りバラバラになり
その敗走する音が
夥しい光線に変わり

あたかも全宇宙の稲妻が合流して
四方八方から射込んでくるかのようだ
暗闇を通り抜けてくる喧騒は
沈黙しているけれども　光り輝いてまぶしい

沈黙のなかで
私もひとすじの光に変わっている

2015年4月

変身

私は一度また一度と
謀殺された
自分の詩行のなかで
自分の遺した言葉のなかで殺された
これまで道々
自分の言葉を拾い上げてきたが
ホコリの残片に
当初の息づかいは探し出せない
自信に満ちた誓いの言葉
恐る恐る抱いた疑問
どれも自分の声のようではない

えくぼ　涙の光　溜息も
曖昧模糊とした傷痕に過ぎない
……

私は溺れる者のように
暗い流れのなかで
もがき　痙攣し　息を詰まらせ
水面に掌を差し出し
流れに逆らって遡る枝切れのように
渦のなかで震えていた
自分の叫びを聞いて
心が引き裂かれるというのに
声が出ず沈黙していた
……

幹が浅瀬に乗り上げれば

次々に遠ざかる渦が見え
顔いっぱいの皺に
青々とした若い枝がいきなり生えた
振り返れば
正面からやって来る急流に
藍色の炎が現れるのを心待ちにした
氷山がひしめき合い
暗い夜が夜明けに付き従うのを見て
春風が寒い冬に付き従うのを聞いた
沈黙　沈黙　沈黙
……

世界が轟きとともに姿を現すとき
私はまた幼い子供に変わり
湧き返る清流を前にして
嚢中無一物スッカラカン

あらゆる堆積と蓄積は
みな使い果たされ
何も知らない時期に戻っていることだろう
私は新たに世界を観察することができるし
世界に私の事をゆっくり知ってもらうこともできるのだ

２０１５年５月

時間の矢

虚無の暗闇から
阻みようがないほどに射込んでくる
鋭い叫びは
沈黙に付き従い
疾走は渋滞の後に
ピタリくっ付く

天地間の一切は
それによって射抜かれ
氷山は春の水に変わり
森林は苗畑に変わる

人の世の栄枯盛衰喜び悲しみは
射抜かれて欠片となり
満天を漂い
落葉が秋風を追っているかのようだ

耳元でヒューヒュー音がするのは
スポットライトが飛び回っているのだ
遠くから近くへ
視界を掠めて通り過ぎるとき
それらを捕えられると思っても
サッと掠め去ってしまい
遥か彼方で天の果ての冬の星になるのだ

2015年5月

疼痛

鋭利な刃物で切ったり突き刺したりする必要はない
棍棒で叩くには及ばない
それら疼痛の瞬間は
稲妻が夜空を切り裂くように
尖って鋭い刺激が錐となって心を刺すのだ
だが一滴の血も見えない
かすり傷の半分さえ見つけ出せない
何処に傷を受けたのか　はっきり言えない
だが皮膚の何処もかしこもとても痛い
露出している顔面からずっと
覆い隠された臓腑に至るまで

……
時に涼風が掠めすぎても
骨の髄までズキズキ痛むに違いない
時には見つめられても
きっと溶接の火が焼き焦がすようだろう
時にそっと一声問い質されても
きっと棘が背中にあるようで気が気ではないだろう
……

私はしばしば疼痛に襲われて心を掻き乱されるが
だからと言ってそれが恐い訳ではない
生あるものはそのように脆くて弱いということだ
悲しむべきは生命の無感覚なのだ
もし疼痛の感覚が無くなってしまったならば
枯れ枝にすら及ばない

凍り付いた岩石にさえ及ばない

たとえ一株のススキが
激しい風に吹き切られても　きっと涙をながすことだろう
たとえ一本の葦が
大雨に蹂躙されても　きっと呻くことだろう

２０１５年６月５日

僭越

魚が天井板を動き回る
鳳が浴槽でいかにも軽やかである
帆掛け船が山腹に浮かんで進む
雪の花が炎のなかで舞う
艶やかな新婚初夜のベッドに
チベット犬の咆哮が木霊している
赤ん坊のゆり籠のなかで
濁りのある老眼鏡がゆらゆらしている
鼠が猫のねぐらに身を隠す
雀が鷹の巣を占拠する
……

分不相応な不法占拠は
永久不変のものにはならない
たとえ君が一万の鍵を持っていたとしても
ドアは君の鍵では
開かない
もし窓から侵入しても
立錐の地も見つからず
床は針の筵のようで
怯えうろたえる足の裏を強く突き刺す
疲れ果てるまでずっと
跳びはねよ　駆けまわれ
……
竹籠に水は盛れない
網袋は風を孕まない

見知らぬ視線は
幾重にも守りを固める心を
射抜けない

2015年6月17日

移植

茎をぐっと握り
ひげ根を引っこ抜いて
最初の命の巣穴から
見知らぬ土地に移す

太古の萌芽を
現代の頭脳のなかへ移植し
芽を出して枝葉を生い茂らせれば
複雑に入り組み
勇ましく盛んに
観音の千の手のように

蝙蝠の一万の翼のように
空に向かって広がる

人の世の欲念は
吹き出し綻んで現実離れの花となる
暗闇の芯
きらきら透き通る花びら
花の香りのなかに神秘の呼吸が織り交ぜられる
ありふれた微かな香り
苦労した草花
抑圧千古の沈香は
視線と嗅覚の世界で
爆発する

落ちて動かなくなったホコリの間に
遅れて解かれた蕾がほころびる

花は人の顔のようで
奇異な笑みを含み
蜂や蝶がまつわり付くことになるが
落ちてくる葉も羽も見えない

ため息が聞こえるだけだ
ああ　おまえは違う
おまえは今日の花ではない

２０１５年６月

鍵盤

沈思黙考するときは
組み合わせた両手で胸を抱える
私は指で
自分の肋骨を撫でる

肋骨は鍵盤に変わっていて
指が当たれば応答する
右手は左の肋骨で跳びはね
左手は右の肋骨を移動し
旋律の軌跡は探し出せなくても
キンコロンピンポロン音がすれば

弾いているのは私の内なるソナタだ

動悸と呼吸は
肋骨間のリズムに呼応し
五臓六腑の全てに木霊し
肺葉の開閉に耳を傾け
肝胆相照らすのを聞き
私の器用とは言えない指は
胸の両脇でそっと震え
自分だけが聞き取れる音楽を
奏でる

恐怖の震え
瞬間の窒息
故無き激痛
飢餓の喘息

あらゆる喜びと悲しみの音符が
みんな私の肋骨の奥に蔵されている
歳月の流砂も
それらを埋没させられない

音楽家の夢想が
私の心身に潜み
渇望する指が鍵盤上を軽やかに移動する
目の前には一面の白と黒の世界

2015年6月

忘れたい

私は忘れたい
傷を負ったあの夜のことを忘れたい
砕け散ってしまった月光と血なのに
記憶の神経に粘り付き
私の肉体のなかで
見え隠れに痛みが生じている

私は忘れたい
突如やって来た洪水のことを忘れたい
急流はうなり声のなかで
次第に凍結し

私は水音のなかで停止の
音の出ない音符だった

私は忘れたい
私を惑溺させた音を忘れたい
墜落する鐘は墜落を続け
月日はゼンマイの緩むように流れ去り
私のあらゆる時空で
震える

2015年6月

Ⅲ

朝と夜の交わり

黎明と暗夜は
不思議な瞬間に出会っている
それは静けさを打ち破る最初の鶏鳴のとき
それは暗い帳を突き抜ける微かな最初の陽の光のとき
それはきらめく暁の星のとき
夜の湖面に広々と小波が跳びはねる

夢の世界はいきなりショートする
キラメキは収縮して始まりの場所へ戻ってしまう
夜風のなかには月下美人のつぼみが震え
残夢は河貝が殻を開いたよう

月はおぼろに
珠の涙は澄み切って

闇　以前に黒く塗られた世界も
光に対する追想を引き起こしている
暗中に仮構された鮮やかな色は
天地の間に隠れた究極の黒を照らすことができ
光と闇は
盛んになったり衰えたりする

光は　空の涯に現れ
慌てないし急がないのに
一瞬の内に千変万化する
天地の間のあらゆる色彩は
撫でられて一つ一つ正体を現す
そこから漏れ出るのは暗闇だけだ

暗闇は依然として生きている
万丈の光の天地の間に生きている
もし信じないなら
どうぞ　目を閉じて

２０１５年10月18日

死を思う

死を思えば
目の前は静謐そのもの
一輪の白い花が暗闇に
静かに真っ盛り
一輪の黒い花が
白色のなかにひっそり綻んでいる
生きる旅の道のりを振り返るにはもう遅い
往時は流れ星のように
夜空をさっと過ぎり
まばゆいけれども　あんなに慌ただしいのだ
耳元に湧き上がる人の声は

飛び散って空一面の雪となり
ひっそりした薄闇に舞い
また眩しい陽の光のなかで
融解し
融解し
跡形もなくなるが
一つ残らず
大地の裂け目にしみ込んでゆく

死を思えば
心に不思議な心地よさが湧いてくる
過去に感じた味わいは
苦渋に満ちた辛酸であろうと
ピリピリ辛い遺恨であろうと
みんな時と共に隔たってゆくだろう
往時と未来は

私の眼前で奇妙に混じり合い
結局明瞭にあれとこれとを区別できない
生はロータリーのように
回って
回って
曇りへと晴れへと雨へと雪へと交代し
浜菱の茎が繋がって次へと交代し
霧とそのすき間が交代し
作り笑いをするホールが交代し
広場と護送籠が交代し
この時　本当の自由へと
変わるのだ

死を思えば
意外や期待が生まれる
一世一期の別離は

この時みんな過去のものとなり
遠くに行ってしまった肉親や友人は
きっと振り向いて私を待っているだろう
暗いなかに無数の絹の糸があって
目には見えないけれども
懐かしさのなかの一切と繋がっている
糸は切れていて
散り漂うホコリとなっていたと思っても
線と線は繋がっていると　この時に気付くのだ
終りと再生が
ここで落ち合う
これが生命というものなのかも知れない
全く異なる始まりに
雲は漂い広がり
星あかりは海面に落ち
灯は暗く

帳は下り
黒い花白い花が
同時に咲く
暗黒のなかに
光のうちに

2015年11月20日

暴風

すぐ近くだ
手が届きそうだ
だが私はこれまで一度も
おまえの手を引き寄せたことはない
何年も心のうちにおまえを呼んだが
その声は溜息のようだった
大声の叫びは
岩石のように裂け砕けてしまった
おまえはそんなに近いというのに
またそんなにも遠いのだった
間違いなくすぐ目の前にいるというのに

突然杳として跡形もないのだった

天のもう一つの涯から
時折伝ってくるだろうおまえの
途切れ途切れの呼吸には
まだ動悸があり
まるで雨粒が草の葉を滴るようだろう
鳥が雲の頂を飛んでいるだろう
……
そのように見え隠れに伝わってくるけれども
私には明瞭に聞こえる

ひっそりしたなかの微かな涼風が
私一人の天地で
ひっそりと核融合を起こして暴風になるのだ

2015年11月21日

道に迷う

私は道に迷う　道に迷い
どんなに探しても家の玄関は見つからない
私は道に迷う　道に迷い
……

夢に父の呼ぶ声が聞こえる
一声一声に　焦りと恐れがある
目が覚めると自分は墓地にいる
墓石が林立し
棺を納める穴はどれも瓜二つ
花崗岩で　正方形

まるであたり一面に倒れたドミノ牌のように
静かに厳かに　どうすることもできず
もう最初の推す力は見つからない
……

あの頃植えた松苗は
既にどれも私の額を越えていた
ちょうど父の身長の高さだった
枝は風のなかで揺れ動き
松葉のどの一本も
露の玉を差し上げ
透き通る涙が止めどなくこぼれていた
……

星の光は夜毎にやってきて
夜風はピタリ閉じた石門の

一つ一つをはたいている
そぞろに歩く者は行ったり来たり
白黒の碁石のように
碁盤の格子のなかを通り抜けて行きつ戻りつ
道は狭く　真っ直ぐだというのに
やっぱり道に迷う
……

父よ　あなたは何処にいるのだ
狭い石室は好きじゃないに決まっている
そこの悪辣は好きじゃないのだ
だからなのだ　出てきてあっちこっちをぶらつくのだ
いつも私が道に迷う度に
あなたは私を見つけている
あなたがどうして道に迷うだろう　父よ
……

生前小さな部屋に閉じ込められていた
あなたは　来世はゆったりした部屋に住みたいと言った
かつては煙に変わり
空を自由に漂っていた
だが最後にはこの中へ送られ
生前より更に狭くなり
しかも無数の見知らぬ人が一緒だ
……

私は道に迷う　道に迷い
父の声は遠くなったり近くなったりする
私は道に迷う　道に迷い
墓地はあのように大きく深くなり
何処が夢の終わりなのかはっきり見分けられない
一度また一度と目が覚め

枕辺には涙の跡が印されて冷え切っている
……

2015年 晩秋

飛ぶ

数え切れないほど何度も飛んだのだった
別々の時刻に
別々の思いを抱いて
心のなかから翼が生えてきて
ほとんど心の欲するままに
時に羽がふさふさし
時に紙のように軽やかに

飛んで雄鷹になり
雪の積もった高峰を越えれば
大地は私の目に一望されるのだった

飛んでカモメになり
湧き返る大波を飛び越えれば
海鳴りは私の若い魂を揺り動かすのだった
飛んで燕になり
炊事の煙の立ちのぼる軒に留まれば
人の世の騒がしさと温かみを鑑賞するのだった
飛んで蜜蜂になり
野山に満ちる花芯を追い求めれば
自然の心地よさと芳しさを味わっているのだった
飛んで蝿になり
腐った唐丸籠の周りを飛んだこともあり
汚れと生臭さのなかでびっくり慌てるのだった

翼が生えてこなくても飛ぶことはできる
飛んで雲になって
高い空から地中のケラとアリを俯瞰する

飛んで風になり
懐かしい思いのなかの全ての風物を撫でにゆく
飛んで煙になることもできるが
ふわふわひらひら舞って
落ち着きようがない
……

2015年11月

潜水

私は常々魚に
変身することを幻想している
これは遠い始まりのあるイメージだ
祖先の祖先の祖先の祖先の
祖先の祖先の祖先の祖先の
祖先……は
他でもない　かつて魚だったのだ

水中に潜れば
激流に包まれることが憧れになる
涼しい清々しさと底の見えるほどの清浄が

身の周りに湧き返り行ったり来たりしている
私は水を撫で
水は私を按摩する
四肢はヒレのように羽のように
両脚は尾のように舵のように
目を見張れば
波のなかに光と影の斑が見え
目指す所はぼんやり薄暗いところ

とても呼吸はできないし
口を開けることはできないというだけで
息を潜めていたら私は膨らんで
水底から空へ向かって飛び
トビウオに変わろうと思っても
やっぱり落ちて水中に戻ってしまう
重くて不器用なのだ

頭上には波しぶきが飛び散り
四肢を振り回しても
流れる水に阻まれて
抱擁できない
祖先の祖先の祖先の
祖先の祖先の祖先の
祖先……

2015年11月

同時に三空間に入る

足を上げて敷居を跨いだが
三つの異なる空間に入り込んでしまった

身体は一つの空間に入り込んだ
周囲の一切は皆触れることができる
地面に置かれた木摺
壁の額縁
天井板で揺れる吊り下げ電灯
空気中のペンキの匂い
……

だが魂は別の空間に入る
そこは過ぎ去った歳月が漂泊するのだ
ぼんやり見える表情
遥か遠くのやまびこ
かつてドアの内側に
生き死に
……

思いは同時にまた別の空間に漂い入る
そこは未来の秘密に属しているのだ
まだら模様の光と影のなかに
見慣れない覗き見を隠している
どの隅っこにも
突然奇跡の起こる可能性がある
……

ドアを入ると
三つの異なる空間が感じられる
身体は物理的な息のなかを移動し
魂は遥かに思いを馳せるうちに自由に軽やかだ
狭い部屋は
広々として奥深いものに変わる
……

2015年12月

文字

一生くっ付き合って過ごすのは
最もよく知る友だ
最も疎遠な赤の他人でもある

黙々とおまえたちを口のなかで呟くと
おまえたちは群れになり隊を組み　私の前を通り過ぎてゆく
私は　将軍が兵士の点呼をとっているようなものだ
農家が穀物を計量するようなものだ
また物心の付いていない幼児が
興味津々で満天の無数の星と対面しているようなものだ

七色の絹糸
きらびやかな錦織を織り上げる
絡み合った麻糸でもある
混ざり合って迷宮になり
荒野に散り散りになる
自由な放浪者であり
辞典のなかに隠れて
神秘的な侠客である

同じ顔付きをしていても
尽きることのない表情を
目まぐるしく変えることができる
盆上のバラバラの砂なのに
歳月を凝固させられる
あたり一面に散乱する石ころなのに
それを敷けば道路は舗装され

遥かな遠方へ行くことが可能になり
静かで安らかな所へ行くことも可能になる

2015年12月

夢のなかで何処へ

夢は子宮のようだ
予測しようのない胎児を孕み
どの瞬間にもその顔が変わっている

夢に荒涼たる島を見るとき
湧き返る潮汐と岩礁は
瞬時に森林とビル群に変わり
灯火やネオンは明滅し
稲妻は夜の帳で網を編み
流星は凝固して窓の氷の花となる

夢に鮮やかで美しい天国を見るとき
天翔ける天使は
突然黒い蛾に変わり
はたはた叩く羽が星や月を覆い隠すと
黒雲が湧き返り
燃える夕陽を包み込んでいる

夢を見るのは地下鉄に乗るようなものだ
一つの光点から出発し
長い暗闇を通り抜けて
灯りのあかあかと明るい駅へと入る
後から後からやってくるのは
また遥かに続く終わりのない暗闇
……

目の覚めるとき

目の前にはいつも陽の光がきらめき
耳元では詰問が
薄暗がりを刺し破って響く
おまえは夢のなかで何処へ行ってきたのだ
何故だろう
私にはいつも返答する言葉がない

２０１５年12月

背骨

ピンと伸ばせ　ピンと伸ばせ　直立だ
思わず曲がってしまう私の背骨よ

そのころは　重い荷物を担いで遠い旅に出た
天秤棒は肩肉をこすり壊したが
重苦しい呻きは空の高みを激しく突き
震えて曲がったのは足元の大地
私の背骨は常にしっかり直立していた

旅行中跪いた記憶はない
たとえ重苦しい頭をしばしば垂れていたとしても

立ち上がる時や歩く時は
背骨は真っ直ぐだったのだ
まるで応接間の　沈黙する柱のように
年老いた父の紅の木の杖のように

どうして今は身をかがめてしまうのだろう
真っ直ぐな背骨が曲がるのは
かくも強大な大地の引力が関係している？
それとも老いが地中から手を伸ばし
私を引っぱり抱擁して
墓の方へ引っ張ることと関りがある？

ピンと伸ばせ　ピンと伸ばせ　直立だ
私はまだ立って歩いているよ
本当に疲れて眠くなったら
身体を横たえて天を仰ぎ

がっしりした大地に
疲れた身体を撫でてもらい
曲がった背骨を支えてもらう
この時　空を仰げば
一羽の鳥が私の頭上で
羽ばたいているのが見える

ピンと伸ばせ　ピンと伸ばせ　直立だ
私のはまだ折れていない背骨だ

２０１４年12月

舌

味蕾は
舌先に隠されている
私はその形態は分からなかったが
それらの敏感さに頼って
浮世の酸い甘い苦い辛いを遍く味わってきた

舌の根は
声帯につながり
私の話す一語一語
一語彙一語彙
一溜息一溜息は

すべてそこから波及してくる

私はそれを使って紙をなめ
それを使って味見をし
それを使ってキスし
その入り組んだ複雑性を使って
生まれながらの食欲と性欲とに繋がっている(注)
だが私は舌の疑問には
答えようがない――

生が口のなかにあるのは
一体何の為ですか
味見する為ですか
話をする為ですか
それとも愛の為ですか

2014年12月

注　『孟子』第十一巻　告子章句上に「告子曰、食色性也、〜」（告子曰く、食と色とは性なり・食欲と性欲とは生まれながらの性である）とある。

足裏と道路

大地に触れるその時その時の全てが
道路の始まりになる
足裏を使って大地を測量し
妙なる境地へと通じる敷居を　私は探す

でこぼこ険しい山
急な水流
幾重にも重なり合う岩石
ぬかるむ沼沢
みんな私の足裏とこすれ合う

私が通り過ぎる一歩一歩は全て
大地に足跡を留める
それは私の生命のきらめき
遠方へ放射状に広がってゆく

大地が私に返礼する記念品は
足裏のタコ
そして踵の
目の粗いひび割れ

私は足裏で大地に訊ねる
道路は或いは私の足跡によって始まるのかも知れないが
私が足を止めたら終わるということにはならないか

２０１４年12月

生きる

夢想は空しいものだ
私は真面目に地道に生きたいと思う
起伏のある平らではない大地を踏み
頭上にはチリやホコリの舞い上がる空
目を開ければまだら模様の天井板が見え
カーテンも風に吹かれて揺れている

生きるとは　水の流れる音が
常に聞こえるということに他ならない
天上の雨水
地下の水流

台所の蛇口の騒がしさ
トイレの水の流れる音

生きるとは　痛む　痒くなる　病気になる
ということに他ならず
飢え　渇き　偏食することに他ならない
あっさりした粥や飯には飽きが来ないが
珍しいもの　話には聞いていても食べてはない味を
試してみるのも忘れずにいる

生きるとは　笑えること　泣けること　涙を流せること
叫べること　歌えること　沈黙できることに
他ならない
困って途方に暮れてしまった時
一声静かに何故だと
問えること

生きるとは　つまり
よく知っている名前をどんな時でも思い付くこと
愛する顔をどんな時でも目にすること
窓の外の大きな呼び声がどんな時にも聞こえること
私が希望を抱いている時に
誰かが私のことを忘れずにいてくれること

生きるとは　つまり
年老いた母に電話して
今度もこれまでと同じだよと告げ
広々と果てしない人混みの都市を通り抜けて
一緒にお喋りをし
淹れてくれたプーアル茶を飲みに行くことだ

生きるとは　つまり

明日為すべきことを書き記し
そうして枕を抱きに行くことだ
勿論夢は見るだろう
夢では名人達人になれる
夢から覚めて　顔を洗えば
夢幻の世界は現実に席を譲るのだ

2013年7月7日

私の椅子

肌目は凹凸があり　木目はひっそりし
背もたれは静かに私の背中をほぐしてくれる
前面にはパソコン
ディスプレイにはちょうど現代の光が明滅し
電流は道楽の限りを脇に挟んでいる
文字は目まぐるしく変化して跳びはね飛び回り
……

パソコンを閉じ　身体の向きを変えて
背もたれの木目を撫でると
涼風の顔に吹いてくるのが突然感じられ
椅子は切株に変わったらしい

背もたれには新芽が萌え
若い枝が一面に広がり　緑の葉が群がり生え
ごく普通の木製の椅子が
瞬く間に大樹に成長し
私をたわわに茂る緑陰で包む

キーボードで痺れた指に
一輪　一輪　また一輪
大樹の古い年輪が広がってゆき
私の身体はその広がりのなかで縮んでゆく
だが心は　新しく生まれた緑陰によって羽化され
自由な夜鶯になり
羽ばたき　喉を大きく開いて
遥かに遠い広大な山林へと飛んでゆく
……

2009年3月21日

苦痛が礎石

喜びは外側の殻
苦痛こそが本質

喜びは水蒸気や霧
苦痛こそは海川の大波

苦痛のなかに喜びを探し求めるのは
収穫後の野良に
落穂拾いをするようなものだ

苦痛のなかに喜びを探し求めるのは

雪に覆われた谷間で
花を摘むようなものだ
地搗きをする人に学んでみよう
苦痛を重い礎石だと思って
ドスン　ドスン　苦痛を心の底に搗き込もう
深く深く　深く深く

そう　苦痛が礎石だ
それがあってこそ　喜びの楼閣が建てられる

1982年 秋

訳者後書き

I

趙麗宏は1952年上海に生まれた。1968年に高校を卒業し、故郷にもどって「生産隊」に「挿隊」したが、復活した大学入学試験に合格し、1978年華東師範大学中文系に入学した。高校を卒業してから十年ほどが経過し、年齢は二十代も半ばを過ぎていたことになる。

私は1947年生まれ、趙麗宏が大学生だったころの二年間、中国吉林省長春市の吉林大学外文系で日本語講師（書類上は「文教専家」）をしており、三十代前半だった。日本語、英語、ロシア語の専攻があったけれども、各専攻には十代の学生もいれば、なかには二十代も半ばを過ぎた学生もいた。地元長春の学生もいたけれども、多くは北京や青島や成都や瀋陽、或いは延辺朝鮮族自治区など、他の地域から来ていた。学生たちは、それぞれの土地からそれぞれの希望を抱き、それぞれの記憶と共に入学していたはずだが、私にはその「それぞれ」のことを知るまでには至らなかった。時代に共通する「北国の春」のようなものを感じ取ることはできたが、高校を卒業してからの一年、或いは数年間、或いは十年間のことをゆっくり聞く機会はほとんどなかった。早朝、宿舎の前の木立のある庭でテキストを暗誦している姿が印象的だった。

趙麗宏が78年に入試合格したということを知って、そのころの記憶がよみがえってきた。大学生になった彼の姿を想像しようとして、あの時の日本語科の学生の面影が思い浮かんだのだった。趙麗宏はどのような記憶と共に入学したのだろう。どのような思いを抱いていたのだろう。68年から78年までの十年の記憶は、大学時代にも生々しかったに違いない。私は長春滞在時代に気になっていたのと同じく、彼のそれが気になった。どの年代にも言えることではあるが、特にこの年代の人には、話せば長くなることが多いのではないだろうか？　時代は曲がり角にさしかかり、彼はその曲がりに間に合い、多くの青年たちのうちの、運命の変わった青年の一人となった。

そのことは現在の生活にも通底しているはずだと思うけれども、『Ｐａｉｎ 疼痛』に直接現れているようには見えない。体験をそのまま語るという詩法は採用していないし、父のことを語る場合もかなり抑制的だ。

Ⅱ

私は『通俗三国志』とか或いは通俗小説、通俗的とか言うときの「通俗」が嫌いではない。否定しない。大所高所には立たず、誰にも分かるということを主眼にするというだけではどこか物足りないが、にも拘らず、どんな精神的営為も芸術的価値も、人間の衣食住、喜怒哀楽、希望・後悔、苦渋・忍耐、歓喜・陶酔……そうして日々の身体の上に成り立っており、そのことが何より重要だと考えるからだ。

私たちはまず日常生活のなかに通俗なるものとして存在する。精々のところ「イシキタカイ系」だ。もちろん時にはそこから跳び出すことができ、そのことを是とするけれども、それは束の間のこと、その場だけのことだ。「聖人」、「聖なるもの」が存在するとすれば、通俗なるものを踏まえてのことだろう。私たち自身が、そちらへ接近しようとすれば、奇跡や偶然に頼ることにもなり、鍛錬や修行を志向することにもなる。さらに、何かを求めたり探したり、そうして、何かがやって来るのを待ったりする。しかし、それらも全て日常での通俗なるものの内でのことであり、そこからこそ精神の自由も芸術の自立も生まれるはずだ。勿論、四六時中大衆であるのは疲れるし、情に流されて熱狂の渦に巻き込まれたりするばかりでは、地上にいてもネット空間に浸っても迷子になってしまう。

だが通俗と普遍との間はそれほど掛け離れているわけではない。そうして、双方をつなぐ特別な方法があるわけではない。趙麗宏は極めて自然な、しかし独自の方法を採用した。平凡（?）な身体、通常（?）の生活、さらに静かに内省する時間、そこから人の存在の深みへ、世界を見通す場所へ出るのだった。日々の心身の動きの細部、それらが残したもの、そうしてそれを取り巻くもの、それを貫くものを見つめて、生きるということを確かめたのだった。自分を見失わないために、それまでの自分を振り返り、点検したのかも知れない。振り返ればあっと言う間の出来事も、詩として書き留められれば、いつまでも色褪せない一瞬となる。表現の工夫や独自の比喩はそのために生まれたはずだ。

人は様々な大小のことに日々に直面している。彼はそれをもたらした、或いはその先にある生きることの細部、諸相を凝視し、そこに在るのに見えていないものをも見出し、或いは見えていないけれども確かにそこに在るものに気付き、それらをシンプルで澄み切った線で描いた。「子怪力乱神を語らず」（論語述而篇）であっても、生きることの精妙さや不可思議は感じとることができる。日々実際に生きることの内にこそ、生命愛、生活愛は見出せるのだ。「生きる」という作品では「夢から覚めて　顔を洗えば／夢幻の世界は現実に席を譲るのだ」と言う。そして「そう　苦痛が礎石なのだ／それがあってこそ　喜びの楼閣が建てられるのだ」（「苦痛は礎石」）とも言う。

彼は見極めようとした。己の生命と、その展開である生活と、その総体である人生の実際を見届けようとした。それが生命・生活・人生に対する誠実な態度・姿勢になり、自己を表現する方法となったのだった。だから、生命イコール生活というレベルで、生活に内在するもの、人生を貫いているもの、例えば時間の矢、歳月の河、朝と夜、X線、ダークマター、光と闇などの真実を凝視したのではないだろうか。己の内に在るもの、例えば夢、過去、疼痛、死を意識したのではないだろうか。己を支えているもの、例えば背骨や足裏に拘り、己と共に在るもの、例えば影法師、文字、髪、指紋、爪、遺品、椅子など、それらに拘ったのではないだろうか。

ドアの前には日々に立つ。詩はそこから始まる。爪はいちいち数えていられないほどに、繰り返し切っている。手の平を見つめ、今更のように指紋に見入る。そこから凝視が始まる。自分の傷痕に気付き、若かった生命を再訪する。また、窓の外を見、ケイタイを手に話す人を見る。そこから内省が始まる。一点集中の内省は、X線のように、ダークマターのように、或いはひとすじの光のように、そこに突き刺さり、突き抜ける。その日常は、そういうものによって支えられ、一個の生活者のものになっている。そのことを大切にしている。苦痛を礎石とし、情に掉さして流されず、時代に掉さして自分を見失わないとは、そういうことなのだろう。

最初に、「通俗」は嫌いではなく、それを否定しないと書いたけれども、そのためには苦痛・悲哀を甘受し、また凝視・内省を不可欠のものとしなければならない。趙麗宏の「通俗」はそういう「通俗」だと思う。私を同じような凝視と内省へといざなう。読むうちに彼の視線は私の視線になってくる。日常生活を貫くものを思い出させてくれる。そこに在ったのに、見えていなかったものに気付かせてくれる。それがあなたの本当の姿ですと、「通俗」の広場に普遍の楼閣が建てられる。現実を忘れようとして娯楽を求めるというのではなく、現実を確かめて、その上に喜びの楼閣が建つことになるのだ。

Ⅲ
生きる

生きるのは身体、つまり霊肉。頭脳、知性、感情、感性。それらは目に見えないものを内包し、また目に見えないものに囲まれながら、どんな一瞬にも働いている。生きるための一瞬の働きは、すべて永久不変のものとなる。今日のことも、一億年前のことも。

生きるとは、例えば指紋が残ること。生きたという痕跡。蝶の羽に残って空を飛んだこともある。

生きるとは、切り捨てること。爪はどんどん伸びるから、繰り返し切る。髪も休みなく伸びるから切る。色が変わり、抜け落ちもする。髭は剃っても、剃っても伸びてくる。

生きるとは、共に在ること。影法師は忠実な友。いつまでも私についてくる。死ぬとき私はその上に横たわり、私も影も棺と共に焼かれるだろう。私は幽霊にはならないだろうが、もしなったとしても、影法師は焼かれてしまっている。文字は「最もよく知る友／最も疎遠な赤の他人でもある」。背骨は人を直立させる。「ピンと伸ばせピンと伸ばせ　直立だ／思わず曲がってしまう私の背骨よ」。

生きるとは、ドアに出くわすこと。その向こうを、誰も隠れる場所が見出せなくなるほどに凝視すること。きっと傷跡だらけの身体が残っている。

生きるとは、疼痛を感じること。「生あるものはそのように脆くて弱いということだ／悲しむべきは生命の無感覚なのだ」。「喜びは外側の殻／苦痛こそが本質」。

生きていると、しばしば感情が液体に転化し、「私の瞳を溺れさせ／視界一面をぼやけさせる」。

夢と死

今は亡き人について、折にふれて偲んだり、夢で訪れたりすることができるが、その夢もまた思い出となる。

死は何時でも身の周りの遠く近くに存在し、濃く淡く思い浮かぶ。その影が身体の内外を掠めることもある。「死を思えば／目の前は静謐そのもの」、「死を思えば／心に心地よさが湧いてくる」、そうして「死を思えば／意外や期待が生まれる／一世一期の別離は／この時みんな過去のものとなり／遠くに行ってしまった肉親や友人は／きっと振り向いて私を待っているだろう」（「夢のなかに故人を訪ねる」）。実際の死が訪れれば、それらの死は全て私から消え去るけれども、死者となった私も生者のことを夢に見るのだろうか？

光と暗闇と沈黙

「歳月の河を遡る」や「私の影法師」を読んで、何故か山水画中に点景となっている人物を連想したが、「ひとすじの光」に接すると、暗い絵が思い浮かんだ。「墨色の虚無」のなかに「空虚な光の柱」が細く描かれているように思えた。沈黙のなかのひとすじの光、それは聞こえない叫び声のようにキラキラしている。

夢は光と暗闇と沈黙とから成っている。それは問い掛けのようでもあり、答えのようでもある。

2024.2.29

趙麗宏

1952年上海市生まれ。詩人、散文作家。1968年高校卒業、故郷の生産隊に入隊、種々の仕事に当たる。1978年河東師範大学中文系入試合格。卒業後、雑誌『萌芽』の編集などを経て、1987年から上海市作家協会作家。上海市作家協会副主席などを務める。詩集、散文集、小説、さらに報告文学集など多数。詩集に『珊瑚』、『沈黙の冬青』、『抒情詩151篇』、『変形』などがある。国内外の文学賞を多数受賞する。

竹内　新

1947年愛知県蒲郡市生まれ。名古屋大学文学部中国文学科卒業。愛知県立高校国語教員定年退職。1979年～1981年、吉林大学外文系で日本語講師。詩集『歳月』、『樹木接近』、『果実集』、『二人の合言葉』。訳詩集『第九夜』（駱英）、『文革記憶』（駱英）、『田禾詩選』、『楊克詩選』、『西川詩選』、『梅爾詩選』等多数。

Ｐａｉｎ　疼痛

二〇二四年四月三〇日発行

著　者　趙麗宏
訳　者　竹内　新
発行者　松村信人
発行所　澪標《みおつくし》
大阪市中央区内平野町二‐三‐十一‐二〇二
ＴＥＬ　〇六‐六九四四‐〇八六九
ＦＡＸ　〇六‐六九四四‐〇六〇〇
振替　〇〇九七〇‐三‐七二五〇六
印刷製本　モリモト印刷株式会社
ＤＴＰ　山響堂 pro.